AF235586

Heinrich Mann

Die Ehrgeizige

Bibliografische Information der Deutschen Nationalbibliothek:
Die Deutsche Nationalbibliothek verzeichnet diese Publikation in der Deutschen Nationalbibliografie; detaillierte bibliografische Daten sind im Internet
über http://dnb.dnb.de abrufbar.

Herstellung und Verlag: BoD – Books on Demand, Norderstedt

ISBN: 978-3-7526-0497-9

Daß er der Frau des Gemeindesekretärs die schöne Alba Nardini vorzog, mußte der junge Tenor Nello Gennari mit dem Leben büßen. Frau Camuzzi hatte geschickt gehandelt; niemand ahnte, sie sei es gewesen, die Alba auf die Frau des Schneiders eifersüchtig gemacht und sie in solchen Wahnsinn getrieben hatte, daß sie den Geliebten und sich erstach. Ungefährdet hätte sie weiterleben können. Vier Wochen später aber verschwand sie aus der kleinen Stadt.

Von Florenz schrieb sie ihrem Gatten, daß sie den Gedanken nicht länger habe ertragen können, sie solle an seiner Seite altern. Denn er habe keinen Ehrgeiz. Statt sich in die Politik zu werfen, zu handeln, zu steigen, statt seiner Frau, die nach ihnen lechze, die Höhen der Welt zu erschließen, halte er sie nieder, lasse sie verkümmern im Dunstkreis seiner trägen Skepsis; und die Macht in der Stadt behalte ein Marktheld wie der Advokat Belotti. Noch sei sie jung; und so habe sie denn auf eigene Verantwortung den Schritt getan, den er sie nicht habe führen wollen. Als Geliebte des berühmten Künstlers Cavaliere Giordano trete sie in die große Welt ein, der sie sich gewachsen fühle. Mit vollem Bewußtsein habe sie sich ihr Schicksal geschaffen. Camuzzi solle nicht versuchen, sie zu hindern, es wäre unnütz.

Die Wahrheit war, daß sie sich dem alten Giordano nicht aus Ehrgeiz hingegeben hatte, sondern im Dienst ihrer Rache an Nello Gennari, und daß sie es schon getan hatte, als er in der kleinen Stadt weilte. Ein ahnungsloses Wort des alten Sängers hätte das Mißverständnis zerreißen können, dem der junge erliegen sollte. Darum behielt Frau Camuzzi ihn bei sich im Zimmer, bis endlich die ganze Operntruppe von dannen war und Nello sich im Hause des Schneiders verborgen hatte, unwissend, daß er nicht bestimmt sei, mit Alba zu fliehen, vielmehr mit ihr zu sterben ... Nun aber waren sie fort, die Komödianten. Die kleine Stadt, die dank ihnen kurze Zeit ein gesteigertes Lebensgefühl gekannt hatte, fiel zurück in um so grauere Nüchternheit, und Frau Camuzzi hinter ihren verschlossenen Fensterläden litt die Qualen der lebendig Begrabenen. Sie hatte sich gezeigt, wer sie war und was sie vermochte. Dort oben in der steinigen Erde des Friedhofes lagen zwei, deren Verhängnis, allen unbekannt, sie gewesen war. Im Bewußtsein ihrer entsetzlichen Macht saß sie stundenlang reglos auf ihrem Bett, die Augen in den großen schwarzen Augen, die aus dem Spiegel starrten. Plötzlich aber drückte sie sie ins Kissen, krümmte sich ganz zusammen und erstickte ihr Stöhnen. Denn ihre Macht war Ohnmacht gewesen: sie hatte nicht machen können, daß Nello sie liebte! Jene beiden verhöhnten sie noch aus dem Grabe. Nachts hörte sie ihre Stimmen; sie sprachen von Umarmungen, die sie ihr stahlen. „Nello, ich töte dich!" — „Das hast du schon getan. Was kannst du noch! Ich liebe Alba." Dann, Gesicht und Hals naß von Tränen, erwachte sie, und neben ihr atmete wohlig dieser Mann, dem es gut ging, da er sein Leben lang Gemeindesekretär und ihr Gatte zu sein dachte. Das nicht, das nicht! — und eines Morgens in der Dämmerung bestieg sie drunten am Stadttor ein Wägelchen, weil für solch eine kleine Stadt beides zu groß gewesen war, ihre Tat und ihre Liebe.

Der Gemeindesekretär in seiner tiefen Ueberzeugung, daß die Welt trotz aller menschlichen Anstrengungen doch immer am selben Fleck bleibe und eigentlich nichts geschehe, war sehr erstaunt, als ihm seine Frau durchging. Er machte die Reise nach Florenz, bestellte sie in ein Café, und sie kam auch, denn sie kannte ihn. Er sagte ihr nichts, was ein maßvoller und klarsichtiger Mann nicht sagen konnte. Er wollte sie an keine Empfindung erinnern, die sie daheim zurückhalten könne. Kinder seien nun einmal nicht da, und für sich selbst bitte er nicht. Aber sie sollte ihre eigenen Chancen erwägen. Die seien nicht groß, denn sie kenne die Welt nicht, sei, was sie sich auch einbilde, eine Kleinstädterin und auch nicht schön genug für das, was sie vorhabe, nicht von der verführerischen, den Mann herabziehenden Schönheit, die solchen Frauen zum Erfolg verhelfe.

„Aber jene haben keinen Verstand, und ich weiß, was ich will. Uebrigens bleibt mir keine Wahl, denn bei dir kann ich nicht länger leben."

Der Gatte gab zu, daß man mit dieser Tatsache rechnen müsse. Er halte sie für krank, werde dies zu Hause angeben und ihre Rückkehr innerhalb der nächsten acht Wochen in

Aussicht stellen. Sie sei ihm stets willkommen; Gewalt und Skandal lägen nicht in seiner Absicht. Romantische Einflüsse trügen wohl die Schuld an allem, wiederholte er mehrmals; und er nannte sogar den Namen Nello Gennari, wenn auch ohne unvorsichtige Folgerungen. Er war ein kluger Gatte. Frau Camuzzi, die seiner Einladung nur gefolgt war, weil es nichts zu befürchten gab, haßte ihn, wie er nun fortging, ohne sich aufgeregt zu haben, noch heftiger.

Andererseits war das Zusammenleben mit dem Cavaliere Giordano nicht reich an Reizen. In seinem Hause war der Aufenthalt einer Frau nicht vorgesehen. Die Zimmer glichen Ausstellungen von Porzellan und Goldwaren; unter jeder Vase, jedem Schrein eine Tafel: „Von Seiner Majestät dem Kaiser von Rußland", „Von der Stadt Buenos Aires"; und in seinem Schlafzimmer hingen die alten goldenen Kränze, „Vom Maestro Rossini", „Von Madame Ratazzi", über allen Wänden und bis auf das Bett des alten Sängers; dies Prunkbett, mit rotem Damast zwischen den vergoldeten Schnitzereien, war ein Geschenk der Kaiserin Eugénie. Frau Camuzzi saß des Abends mit ihm im Café, als einzige Frau unter seinen Freunden. Wenn alle anderen fort waren, blieben sie beide noch sitzen; der Alte wartete auf den Schlaf, und sie spielten Domino.

Er blies sich auf, so oft er mit ihr durch die Straßen ging. Die Grüße nahm er mit bedeutsamem Lächeln an, und auf Glückwünsche entgegnete er:

„Man sieht wohl, der Ruhm ist nicht eitel. Wir berühmten Männer haben vor euch andern dennoch etwas voraus; denn in einem Alter, wo Schönheit und Kraft nicht mehr für uns werben, ist es unser großer Name, der eine Frau von weitem herbeizieht. Dies Geschöpf wäre zugrunde gegangen ohne mich."

Sie hatte es ihm gesagt, und er war überzeugt davon. Geschmeichelt durch die Macht, die ihm, so spät noch, über ein Leben gegeben war, faßte er eine wahre Zuneigung für die junge Frau. Vor dem Schlafengehen, wenn er sie schon auf die Stirn geküßt hatte, behielt er manchmal noch väterlich und gedemütigt zugleich, ihre Hand in der seinen. Warum hatte er sie nicht früher gekannt, als er einer Frau mehr zu sein vermochte als heute! Freilich würde er damals den Wert einer Liebe wie der ihren vielleicht nicht verstanden haben. Das Leben war grausam, man mußte auf Gott hoffen ... Um so freigebiger kam er allen Wünschen seiner Freundin zuvor. Man begann, wo sie vorüberfuhr, nach dem Namen dieser eleganten Frau zu fragen. Der alte Sänger sah sich nach einer Villa um, die er ihr zu schenken dachte. Denn sein Haus hatte er als Museum seines Ruhmes der Stadt vermacht.

Dies alles aber war nicht geeignet, dem jungen Gino zu gefallen, einem liebenswürdigen Bummler, der neben dem Spiel und den kleinen Geschenken der Frauen mit nichts so sehr rechnete wie mit der offenen Hand seines Onkels, des Cavaliere Giordano. Die hübsche Intrigantin, die sich bei dem armen Alten eingenistet hatte, mochte ihm, Gino, immerhin süße Augen machen, das hinderte nicht, daß er sich bedroht fühlte. Was wollte sie? Den Alten heiraten? Oder ihn selbst, den gesetzlichen Erben? Manchmal verliebte er sich für einen Abend; und manchmal verfolgte er das Ziel, sie zu verführen und sich von seinem Onkel mit ihr erwischen zu lassen. Frau Camuzzi selbst erlöste ihn aus seinen Zweifeln. Die Erbschaft des Sängers schien ihr nicht bedeutend genug, um ihretwegen die Laufbahn, der sie sich bestimmte, mit einem Skandal zu eröffnen. Eines Nachmittags, als der Alte schlief, rief sie den Neffen in ihr Zimmer. Die roten Vorhänge belebten ihre Haut, ihre Matinee war kleidsam; der junge Mann zeigte sich angeregt, sie hatte Mühe, ihn an den Ernst des Lebens zu erinnern. Ihre Interessen widersprechen sich gar nicht. — Nein, erwiderte er, denn er werde glücklich sein, sie zufrieden zu sehen, sogar auf seine Kosten.

„Das ist eine unvorsichtige Aeußerung. Aber es ist, als sei sie nicht getan, denn von mir haben Sie nichts zu fürchten, ich werde Florenz bald verlassen haben."

Und auf seine enttäuschten Ausrufe:

„Warum sollten wir nicht offen miteinander reden? Wir kennen uns, weder Sie noch ich halten uns hier im Hause zu unserm Vergnügen auf. Ich bin hergekommen, um durch den

Cavaliere mit Leuten bekannt zu werden, die mir nützen könnten; denn ich habe höhere Zwecke, als sie glauben."

Indes er die Augen aufriß, setzte sie ihm auseinander, daß sie sich überzeugt habe, in Florenz sei weder viel Geld noch große Macht zu erwerben. Die Gesellschaft sei vorurteilsvoll, das politische Treiben belanglos. Er rühme sich doch seiner Bekannten in Rom, aller dieser Journalisten, dieser Deputierten.

„Das bewegte Leben, der weitverzweigte Einfluß, die Intrigen, das ist's, was mich anzieht. Welches Spiel mit Menschen treibt ein Mann wie der Conte Malfigi, und welches Spiel würde erst eine Frau treiben, die ihn in der Hand hätte!"

Der junge Gino lächelte überlegen zu den abenteuerlichen Vorstellungen dieser kleinen Provinzlerin; er öffnete den Mund, um über den Conte Malfigi etwas zu erzählen, besann sich aber rechtzeitig. Er wollte ihr helfen, bei seinen Verbindungen sei es leicht. Sie möge auf ihn zählen. Und er nahm Abschied, beruhigt über die Zukunft seines Erbes, aber übelwollend gestimmt, weil in den Plänen der interessanten Frau ihm selbst eine so untergeordnete Rolle zugeteilt war.

Schon tags darauf kam er wieder zur selben Stunde und in Begleitung eines schönen, bedeutenden Mannes gegen vierzig. Er stellte vor: Conte Malfigi. Denn es traf sich außerordentlich, der berühmte Politiker und Lebemann war vorübergehend in Florenz. Er erklärte, die Einladung seines jungen Freundes sei ihm ein längst gesuchter Anlaß gewesen, die schöne und ungewöhnliche Frau kennen zu lernen, von der man auch in Rom schon spreche. Er blieb bis kurz vor dem Erwachen des Cavaliere Giordano. Dieselbe Stunde führte ihn das zweitemal zu Frau Camuzzi, und Gino fehlte. Ihre dritte Zusammenkunft aber verlegten sie bereits in ein möbliertes Hotel außerhalb des Zentrums der Stadt. Der mächtige Mann zeigte sich begeistert von seiner Eroberung; er sei entschlossen, Florenz nur mit ihr zu verlassen. Sie sagte einfach: „Ich liebe dich, ich folge dir." Garantien zu verlangen, verschmähte sie, sie vertraute ihrer Kunst. In Rom bezogen sie nicht den Palazzo Malfigi, sondern wählten, um sich einige Tage ungestört zu lieben, ein kleines Hotel, wo der Conte unbekannt war. Erst des Abends gingen sie aus, beschränkten sich im Theater auf die Rückplätze der Logen, in den Restaurants auf die separierten Salons, und hatten wirklich das Glück, unbeachtet zu bleiben. Der Conte vermied es sogar, sich Geld zu holen. Als er keins mehr hatte, gab Frau Camuzzi das ihrige her. Endlich erklärte er, den Sitzungen der Kammer nicht länger fernbleiben zu können; er wolle sie nun in sein Haus führen. Sie widerstand nur zum Schein; der Liebestraum währte ihr schon zu lange. Wie sie beim Bahnhof vorüberkamen, wunderte er sich, daß sein Wagen nicht da sei. Sie nahmen eine Droschke. Er war bleich und seufzte oft. Plötzlich sagte er:

„Nun ist das Unglück geschehen, ich liebe dich wirklich."

„Ist das ein Unglück?" fragte sie.

Er sagte: „Unter diesen Umständen wohl. Denn ich sollte dich nur zum Scherz lieben, da ich ja gar nicht der Conte Malfigi bin."

Sie sank hart auf das Polster, ihre Augen waren schwarz wie nie, und ihre Lippen lagen weiß aufeinander. Er hatte vollauf Zeit zu berichten. Er war ein Versicherungsbeamter und mit dem jungen Gino befreundet, der ihn angestiftet und ihn mit Geld versehen hatte.

„Aber jetzt liebe ich dich. Verzeihe mir und bleibe bei mir!"

Sie ließ den Wagen halten und sagte:

„Steigen Sie aus!"

Dann fuhr sie weiter, ohne zu wissen, wohin. Nach Florenz konnte sie nicht zurückkehren; in ihrem Abschiedsbrief an den Cavaliere Giordano stand ein unvorsichtiger Satz mit Bezug auf die Prahlereien des Alten, die sie so oft gedemütigt hatten. Wie sollte sie auch nur den Kutscher bezahlen? Schließlich ließ sie sich zu einem Juwelier fahren und verkaufte einen Ring.

Sie mietete ein Zimmer, das ärmste, billigste, das zu finden war, und in dem Augenblick, da sie es betrat, schwur sie sich, nur gegen den Palazzo Malfigi werde sie es vertauschen. Sie stellte sich diese Aufgabe als Buße ihrer Einfalt, je schwerer sie war, desto schauerlicher die Wollust der Anspannung.

Eine mittellose Frau, nicht mehr ganz neu angezogen, ohne einen einzigen Bekannten in dem gierigen Gewimmel der Hauptstadt — und nahm sich vor, bis in ihre begehrteste Mitte vorzudringen und eine ihrer Herrinnen zu werden. Sie besuchte das Parlament und ließ sich den Abgeordneten Malfigi zeigen. Es war ein halber Greis von fünfundfünfzig, etwas lächerlich zurechtgestutzt. Er redete auch und machte ein paar Witze über die Priester. Frau Camuzzi mußte an den Advokaten Belotti denken, den großen Freigeist ihrer kleinen Stadt, der den Pfarrer Don Taddeo bekämpfte, aber gleich dem letzten alten Weib an die Evangelina Mancafede glaubte, die Unsichtbare, die aus ihrem dunklen Winkel hinter dem Turm nie hervorkam und dennoch alle Schicksale der Stadt kannte, noch bevor sie eintraten. Die Kammer und ihre Rede-schlachten schienen ihr ein vergrößertes Abbild des heimi-schen Marktplatzes. Wenn zu Hause der Baron Torroni durchaus nicht wollte, daß der Wirt Malandrini zum Stadtver-ordneten gewählt werde, so fürchtete er von ihm einen Streich, weil er mit seiner Frau etwas gehabt hatte. Und Frau Camuzzi sah sich auf der Tribüne des Parlaments die Damen an, die den Reden der Abgeordneten zuhörten. Welche von ihnen stak hinter dem, was jetzt gesagt wurde? Später einmal würde es hier gewichtige Herren geben, durch deren Mund sie selbst ihren Einfluß spielen ließ und ihre Geschäfte besorgte!

Dann ging sie ins Café Aragno, um von den Journalisten die Kulissengeheimnisse zu erlauschen. Sie saß da mit ihrer Zigarette, unbeteiligt und unnahbar. Die jungen Leute taten vergeblich wichtig voneinander, damit sie hinsähe. Als eines Tages mitten aus dem Rudel hervor ihr Landsmann Savezzo auf sie zukam, begrüßte sie ihn kühl, obwohl sie die ganze Zeit auf ihn gewartet hatte. Er sah noch abgeschabter aus als daheim, aber auch noch verbissener. Er war auf dem Marsch! Die Gesellschaft korrupter Mittelmäßigkeiten hier hielt zu-sammen gegen ihn und sein Talent, wie zu Hause die Clique der Herren. Aber er würde eindringen und hindurch, hinan! Er erzwang sich Achtung mit Artikeln in den kleinen Revuen, wo die Kommenden drängten und bohrten. Schon war, beim Krach der Allgemeinen Kreditbank, da die Entrüstung im

Publikum überhand nahm, eine große Zeitung genötigt gewesen, ihm ihre Spalten zu öffnen, als der Stimme der Jugend.

Er erlangte mit Mühe die Erlaubnis, ihr seine Freunde vorzustellen, mußte aber sofort bemerken, daß mehrere, die schon über Verbindungen verfügten, besser behandelt wurden als er. Eines Abends erschien sie nicht, und auch einer der jungen Leute blieb fort. Am nächsten Tage erwartete Savezzo sie auf der Straße, um ihr eine Szene zu machen. Sie antwortete, sie sei gestern nicht gekommen, weil sie Gelegenheit gehabt habe, eine ihr wichtige Persönlichkeit kennen zu lernen: den Sekretär des Abgeordneten Malfigi. Auch eine Ehre, meinte Savezzo: der Sekretär eines ausgesogenen Lebemannes und erledigten Politikers, den schon keine Frau mehr plündere und kein Finanzmann mehr besteche. Er selbst, Savezzo, habe ihn längst gebrandmarkt. Eine überlebte Figur, nur noch vorhanden, weil die Provinz fortfahre, an die alten Größen zu glauben. Frau Camuzzi antwortete darauf nicht, und Savezzo, der ihr nachspürte, hatte noch oft die schlimmste Eifersucht zu leiden. Denn sie erhörte ihre jungen Kameraden dafür, daß sie sie in eine Gesellschaft einführten, oder nur für eine nützliche Auskunft, an Tagen der Not sogar, um essen zu können. Sie machte ihre härteste Zeit durch. Savezzo knirschte, weil nur er davon nichts hatte. Welch ein Sieg über die hochmütige Sippe daheim, hätte er eine ihrer Frauen in seine Gewalt bekommen! Frau Camuzzi scheute gerade seine Indiskretion. Wenn er ihr sagte: „Wir werden zusammen steigen! Allen diesen Leuten werden wir den Fuß in den Nacken setzen!" so lächelte sie nur. Sie war überzeugt, er werde nicht durchdringen, mit brutaler Empörung sei nichts zu machen. Sich anschmiegen, sich hineinstehlen in die Welt der großen Diebe, hassen, verführen und betrügen: das war der Weg.

Auch dem Sekretär des Conte Malfigi schlug endlich die Stunde, da Frau Camuzzi ihn glücklich machte; und sie schlug keinen Augenblick früher, als bis er die Bedingung erfüllt und Frau Camuzzi eine Stellung bei seinem Herrn verschafft hatte. Jetzt wohnte sie also im Palazzo Malfigi, und der Abgeordnete diktierte ihr seine Reden, die sie geistreicher niederschrieb, als sie waren. Freudig erstaunt über seine Erfolge in der Kammer, ward er aufmerksam auf seine Mitarbeiterin, für deren Eifer es offenbar nur die Erklärung gab, daß sie ihn liebte. So oft er ihr nun diktierte, ließ er jedem andern die Tür verbieten. Er bekundete ihr sein Interesse; und sie widerstand. Sie zeigte sich ihm als Frau von Erziehung und Menschenkenntnis, erworben durch schwere Schicksale; gab ihm Winke über Leute, die ins Haus kamen, und Ratschläge, die sich bewährten. Seine Begriffe von ihr veränderten sich schnell so weit, daß er sie zur Tafel hinzuzog, auch wenn Senatoren und Minister da waren. Die Hausgenossen bekamen Befehl, ihr als einer Dame von Rang zu begegnen. Sie würden ohnedies nichts anderes gewagt haben, denn Frau Camuzzi hatte längst jeden von ihnen in der Hand. Sie kannte die Diebereien der Diener, machte dem Kaplan Komplimente über sein blühendes Aussehen, wenn er die ganze Nacht dort oben im vierten Stock seinen kleinen Freunden ein Gelage gegeben hatte; und was den Haushofmeister betraf, hatte Frau Camuzzi die Vorsicht geübt, Briefe zu öffnen, die er von der bisherigen Geliebten des Conte Malfigi bekam; sonst hätten die beiden ungestört dem armen Conte die Vaterschaft zuschieben können an dem Kind, das erwartet wurde. Am meisten betroffen aber war der Sekretär. Er hielt es kaum mehr für wahr, daß er einmal vertrauliche Beziehungen gehabt haben sollte zu der Frau, die nun das Haus und den Herrn beherrschte und ihm selbst die Mitwisserschaft an dem, was vorging, schon vollständig abgenommen hatte. Er tröstete sich damit, daß die ganze Herrlichkeit auch sonst nicht mehr lange gedauert haben würde; denn so viel konnte er sich sagen, daß das neuerdings so zerfahrene Wesen seines Prinzipals mit dem bevorstehenden Prozeß der Kreditbank zusammenhänge. Sein Name war auf der Liste der Bestochenen, das wußte im Café jeder; und morgen oder übermorgen konnte es in den Zeitungen stehen.

Frau Camuzzi, die noch mehr wußte, ließ den Conte schon seit acht Tagen keine Minute aus dem Auge. Zu seinen Verabredungen folgte sie ihm heimlich in einem Mietswagen. Zog er sich in sein Arbeitszimmer zurück, blieb sie an der Tür und lauschte. Einmal stöhnte er ungewöhnlich viel, sie hörte ihn Schiebladen öffnen und zustoßen, dann ein merkwürdiges Knacken: da trat sie ein. Malfigi hielt einen Revolver in der Hand. Sie nahm ihn ihm fort und sagte:

„Glauben sie denn wirklich, daß es so schlimm steht?"

Er deutet nur nach dem Schreibtisch, auf ein neidgelbes Heft des „Morisators." Sie kenne den Artikel, sagte Frau Camuzzi; schon vor seinem Erscheinen habe sie ihn gekannt. Der Verfasser, dieser Savezzo, sei ihr Freund.

„Und sie haben mir nichts gesagt! Sie sind also auch meine Feindin?"

Sie setzte ihm auseinander, daß dieser Savezzo ein Fanatiker sei, vielmehr ein Mensch, der seinen Erfolg auf der Wahrheit zu begründen hoffe, wie die andern auf dem — Entgegenkommen. Mit Geld sei er nicht aus dem Wege zu räumen, Malfigi habe schon genug Geld ausgeteilt.

„Fast mein letztes," und er raufte sich das spärliche Haar. „Auch dem Senator Russo habe ich Geld gegeben, damit seine Zeitung schweigt. Und jetzt klagt uns dieser Mensch gemeinsam an!"

„Aber das ist das Beste, was geschehen konnte, und es hat mich unendlich Mühe gekostet, das Material gegen Russo zu beschaffen."

„Wie? Sie? Sie sind es, die mich umbringt?"

Es dauerte lange, bis sie ihn so weit hatte, daß er ihr zuhörte. Eine Anklage von seiten des Savezzo sei die sicherste Rehabilitierung, die einem Verdächtigen widerfahren könne. Die Presse, die für sein Geld vielleicht nicht immer nach Wunsch gearbeitet haben würde — ihr sei darüber einiges bekannt geworden —, jetzt werde sie eine Phalanx des Schweigens bilden gegen den Verräter, der sie selber fortwährend besudle und auch in diesen Angriff einer der ihren verwickle. Kein Zeuge werde sich noch finden lassen, der vor Gericht die Echtheit der den Abgeordneten und Exminister Malfigi belastenden Schriftstücke zugebe. Sogar die Mühe des Leugnens werde er sich sparen können, denn auch das Gericht werde seinen Namen mit Schweigen verdecken. Schließlich sagte er tiefgerührt.

14

„Dann wären sie meine Retterin."

„Nicht ich", erwiderte sie langsam. „Ich habe viel zur Madonna gebetet. Auch sie sollen es tun."

„Sie sind also fromm?" Er wollte lachen. Aber sie fragte ihn, ob er sicher sei, daß dies alles nicht eine Strafe der Madonna sei, die er so oft verleugnet habe. Sie erhob die gefalteten Hände.

„Die schöne alte Madonna Ihres berühmten Geschlechts, das sie immer beschützt hat! Wie lange schon wartet sie vergebens auf sie in der Kapelle dieses Hauses! Sie müssen zu ihr zurückkehren, versprechen sie es mir, noch heute Nacht!"

Er gestand, daß er daran gedacht habe. Denn man könne nie wissen. Auch sein Kaplan habe ihm davon gesprochen.

Das wußte Frau Camuzzi, denn sie selbst hatte es bewirkt.

„Aber erst Ihre schönen Augen bestimmen mich." Und als alle schliefen, schlich er hinunter. Die Tür der Kapelle kreischte; Malfigi hielt an, er schämte sich, und er ward eigentümlich bedrückt von diesen lange gemiedenen Schatten, aus deren Tiefe es unsicher flimmerte. Vor der Madonna brannte die silberne Lampe wie in seiner Kindheit. Malfigi wollte schon hinknien wie einst, besann sich aber und breitete zuerst sein Taschentuch über die Altarstufe. Dann sah er unschlüssig hinauf in die Augen der Madonna, die groß, schwarz und voll geheimnisvollen Lebens waren. Sie schienen zu wissen, daß sie ihn ansahen, ja, sie schienen Erlaubnis zu nicken ... und da betete der Abgeordnete. Er betete, daß die Zeitungen schweigen und das Gericht sich nicht mit ihm beschäftigen möge. Die Madonna sah ihn an, als sei sie mit allem einverstanden. Hoffnung überflutete sein Herz, er weinte. Wie er sich aber die Augen trocknete, gewahrte er, daß auch im Auge der Madonna ein Tropfen hing: nun fiel er auf den Altar! Malfigi sprang auf, besinnungslos, zum Schreien bereit. Die Wand entlang schlich er nochmals hin. Hatte er sich nicht getäuscht? Nein! Jesus! Die Augen des Bildes waren ihm gefolgt. Da floh er, stolperte hinaus und hielt sich das Herz. Er beruhigte sich; Malfigi empfand Zorn, weil er sich hatte verjagen lassen, und einen fast jugendlichen Drang, den Rausch dieses Wunders weiter zu erleben, ihm auf den Grund zu kommen, sei es mit

Gefahr des Lebens. Er lauschte noch im Dunkel des Vesti-
büls: da schwebte eine Gestalt im langen Mantel aus der Kapelle hervor, an ihm vorbei und die Treppe hinan. Er hastete
hinterdrein, verlor sie in den Korridoren, irrte umher und
suchte. Wie er dann sein Zimmer betrat und Licht machte,
sahen aus dem Vorhang am Bett die Augen der Madonna! Er
stürzte darauf los, der Vorhang öffnete sich ...

„Du hast mir mein Jugendfeuer zurückgegeben", sagte eine Stunde später der Conte Malfigi. „Jetzt liebe ich dich wirklich."

„Dann verstehst du auch," erwiderte Frau Camuzzi, „warum ich früher noch nicht gewollt habe. Fürchtest du dich
jetzt noch vor dem Prozeß?"

„Nein. Durch dich bekommt man Mut."

„Und bedenke, daß du morgen deinem Kaplan von einem
Wunder zu berichten hast. Er wird damit in den Vatikan
laufen, jetzt schützt die Kirche dich. Wollen die freimaureri-
schen Gerichte dir etwas anhaben, wird es heißen, es sei nur
die Rache für deine Bekehrung."

„Daran dachte ich gar nicht. Wie du rechnen kannst!"

Ihm blieb noch eine Sorge.

„Ich verstehe schon, du hast dem Bilde die Augen ausge-
schnitten. Aber wird man es nicht sehen?"

„Wie kannst du denken?" sagte Frau Camuzzi, „Dem
kostbaren alten Bild! Natürlich habe ich eine Kopie genom-
men."

Der Abgeordnete Malfigi ward im Prozeß der Kreditbank
nicht genannt, vielmehr berief man ihn an die Spitze dieses
Finanzinstituts. Im Parlament war er fortan eine Stütze des
patriotischen Klerikalismus. Frau Camuzzi, von Würdenträ-
gern der Kirche belobt, mit Hochachtung behandelt von den
hochstehenden Persönlichkeiten, die ins Haus kamen, sah
ihre politische Laufbahn glänzend eröffnet. Da das Gesetz
über die Ehescheidung ernstlich bevorzustehen schien, leiste-
te sie die nützlichsten Dienste dadurch, daß sie liberale Parla-
mentarier umstimmte. Bei dem einflußreichsten dieser Herren
gelangte sie ans Ziel vermittels eines Schäferstündchens, das
sie ihm versprach, und von dem sie gleichzeitig seine Gattin

benachrichtigte. Die Frau drohte, sie werde die erste sein, die sich scheiden lasse; und da sie das Geld hatte, war der Mann gehalten, das Zustandekommen des Gesetzes zu verhindern.

Dies geschah in Neapel. In der Nacht, bevor Frau Camuzzi wieder abzureisen gedachte, bebte die Erde. Ermüdet von ihrer anstrengenden Mission, schlief Frau Camuzzi noch, als im Hotel schon alles in Aufruhr war. Wie sie endlich hervorkam, fand sie im Gang nur eine hilflos umherhuschende alte Dame, im Nachtkostüm wie sie. Frau Camuzzi ergriff sie und zog sie fort. Aber die Treppe brannte, und aus dem Abgrund zwischen eingestürzten Mauern schlug Qualm. Da kniete Frau Camuzzi hin und betete. Sie betete laut und mit einer Inbrunst, die sie schüttelte. Plötzlich senkte der Boden sich schräg und die beiden Damen glitten hinab. Sie langten unten an wie auf Flügeln und unversehrt. Die alte Dame fuhr mit Frau Camuzzi nach Rom; sie war eine unermeßlich reiche Lady. Sie behauptete, nur das Gebet dieser Heiligen habe sie gerettet. „Ja", sagte sie vor dem Conte Malfigi, „als sie betete, ging ein Schein von ihr aus." Und sie schrieb ihrer Retterin einen Scheck über eine Million.

Kurz darauf starb der Gemeindesekretär Camuzzi. Der Abgeordnete Malfigi ward nochmals Minister und heiratete Frau Camuzzi. Der Salon der Contessa Malfigi gehörte ein Jahrzehnt lang und auch noch nach dem Tode des Conte zu den einflußreichsten unter den politischen Salons der Hauptstadt. Den jungen Leuten, die regelmäßig bei ihr dinierten, prophezeite man die Laufbahn des Abgeordneten, denen, die noch weiter bei ihr vordrangen, einen Ministerposten; ihre Herkunft war nicht ganz vergessen; Legenden umrankten sie, und man fand es pikant, ja satanistisch, daß eine ehemalige Kurtisane die neue Generation zur Reaktion und zum Klerikalismus erziehe. Sie hatte Anhänger, ehrgeizige Liebhaber, Verbündete oder Gegner: einen ihr gewachsenen Freund hatte sie nicht. Einmal versuchte sie, sich dem Savezzo zu nähern, der damals auf der Höhe seiner Macht war und in seinem „Jüngsten Gericht" jede Woche die fürchterlichste Musterung unter seinen Zeitgenossen abhielt. Sie erinnerte ihn daran, daß sie eine verwandte Geschichte hätten und

zusammen gestiegen seien. Aber er lehnte schroff ab; er wollte mit niemandem gestiegen sein. Sie erreichte nur, daß er in
der nächsten Nummer seiner Zeitschrift ihre Vergangenheit
entschleierte, einen verjährten Mord durchblicken ließ und sie
als Kaffeehausdirnchen erklärte, das sich die Rolle des Weibes
von Babylon anmaße. Ihre Frömmigkeit sei erst in zweiter
Linie politisches Mittel; vor allem sei sie Betschwester, weil sie
vorher den damit korrespondierenden Beruf ausgeübt habe ...
Sie zog Vorteil aus dem einmal begangenen Fehler, indem sie,
ohne daß er es ahnte, Persönlichkeiten mit ihm in Verbindung
setzte, deren Feindschaft sie brauchte. Enttäuschungen wech-
selten mit Erfolgen. Kaum, daß das Herz noch stärker klopfte
bei einem Sieg oder einer Niederlage. Am raschesten verging
ein Tag, an dem man sich rächen konnte! Dieser unbedeuten-
de Fiorio, als Unterpräfekt daheim in der kleinen Stadt auf
ewig vergessen, wenn es nicht der Contessa Malfigi eingefal-
len wäre, ihn zum Präfekten zu machen: er hatte sich erlaubt,
sie verraten zu wollen. Sie hatte ihm den Abgeordneten geschickt, den er wählen zu lassen hatte; sie hatte sogar sichere
Leute geschickt, die in ein Fenster der Präfektur schossen, so
daß Fiorio die Wahlversammlungen verbieten, den Munzipal-
rat auflösen und ohne jede Opposition seinen Kandidaten
durchbringen konnte. Da, ein Telegramm ihres Schützlings an
die Contessa: der Präfekt hatte nicht ihn, sondern seinen
einzigen Bruder als Regierungskandidaten aufgestellt. Sie
sorgte sofort dafür, daß eine Zeitung, offenbar durch Ver-
trauensbruch, eine Depesche des Ministers an den Präfekten
Fiorio wiedergeben konnte, worin der Minister es mißbilligte,
daß der Präfekt aus wahltaktischen Gründen von gedungenen
Attentätern in seine Fenster schießen lasse. Angesichts des
allgemeinen Entrüstungssturmes wagte der Minister die Depesche, die er nie geschrieben hatte, nicht abzuleugnen; der
Präfekt Fiorio ward abgesetzt.

Sie ließ ihre Macht noch höher hinauf fühlen. Der Graf
von Benevent, der elegante Vetter des Königs, hatte ein ver-
ächtliches Wort über sie gesprochen, und es war ihr zu Ohren
gekommen. Sie gab ihm Gelegenheit, sich zu rechtfertigen;
obwohl sie ihn albern fand, zeigte sie ihm, daß er ihr gefalle.

Er beging die Torheit, ihr offene Feindschaft zu erklären. Ein Jahr später sah sich seine Geliebte, die russische Tänzerin Lorida, in ein weitläufiges, kaum entwirrbares Netz von Verdächtigungen verstrickt, und der Tag kam, da sie als Spionin verhaftet ward. Nach langen Ängsten, die den Prinzen nicht weniger trafen als sie, und bloßgestellt von der ganzen Presse, war sie noch froh, in ihre Heimat abgeschoben zu werden. Der Graf von Benevent ging nach Afrika. Unter den Mitgliedern der Aristokratie, die sich im Bahnhof eingefunden hatten, war die Contessa Malfigi. Sie sagte: „Ich habe ihm das Billet gekauft, ich muß ihn auch einschiffen."

Aber es war bestimmt, daß auch ihr ein Billet gekauft werde. Zum zweiten Mal in ihrem Leben verfiel sie der Liebe. Ein junger Mann ward ihr zugeführt: sie erschrak, denn sie glaubte, Nello Gennari wiederzusehen, den Geliebten von einst, der durch sie gestorben war. Auch dieser hob so die umflorte Stirn und ließ das weichgelockte Haar so schwanken über seinen Augen, seinem beschatteten Lächeln, als betraure er die eigene Schönheit. Die Contessa Malfigi zeigte sich sofort und vor aller Welt hingerissen, eifersüchtig, voll unbedachter Triebe. Man sah eine Frau, die keiner kannte. Sie behielt den jungen Mann im Hause, ließ ihn, wenn Leute kamen, nicht von ihrer Seite, nahm ihn in ihrem Wagen mit, aber nicht zum Korso, wo man gesehen wird, sondern auf die alten Straßen der Trümmer und Einöden. Sie schwor ihm, daß sie ihn groß machen werde, zum Deputierten, zum Minister, zum Ritter des Annunziaten-Ordens. Er solle sie lieben, er solle sie lieben! Und er: „Ich danke dir so sehr, und ich liebe dich." Aber sie hörte wohl, es sei nicht wahr und nichts, nichts vermöge sie über ihn; denn er war nicht ehrgeizig. Sie enthüllte ihm ihre Geschäfte, ihre gefährlichen Geheimnisse; ganz ohne Mühe fiel ihm in den Schoß, was sie selbst, als sie zuerst in dies Haus eingedrungen war, mit List und Gewalt an sich gebracht hatte. Er konnte hier der Herr werden, wie sie die Herrin geworden war. Totò, ich verschaffe dir den Namen eines Conte Malfigi! Ach! er glich nicht ihr, er glich jenem Nello. Weich, schwach und träge lag er da, stumm klagend, weil sie ihn nicht mit Geld versah und hinausließ zu seinen jungen Freunden, damit er spiele, lache und sie betrüge, sie, die nur ihn hatte, nur ihn auf der Welt! „Totò, mein Liebling, du bist Sekretär des Ministers Afrano. Liebst du mich?" Nun sank er ihr wohl in die Arme; aber sie wußte, es war nur, weil er hinaus durfte. Um so fester schloß sie ihn ein. Die Stunden kamen, da sie ihn mißhandelte, und die, in denen sie ihn floh, um zu weinen. Sie beweinte vor dem Spiegel ihr Bild von einst, die Reize, die ungenützt verfallen waren. „Was habe ich gehabt? Ich habe Glück und Unglück verteilt. Ich habe das Zittern von Menschen gefühlt. Man hat mich geliebt, weil ich mächtig war. Das alles war nichts. Man hat mich betrogen!" Der Nello von einst hatte sie leiden lassen und jene Alba geliebt; und nun lag dieser dort drinnen, blaß, mit dem hilflosen Blick gefangener Tiere, und ahnte nicht einmal ihr Elend.

„Totò!" rief sie durch die Tür. „Sekretär eines Ministers, das wäre zu wenig für dich. Warte noch, mein süßes Herz, du wirst noch mehr werden."

Er antwortete nicht. Sie ging hinein — und fuhr erstickend zurück. Totò hing an der Decke.

Sie war von Sinnen, sie wollte mit ihm ins Grab. Als sie wieder weinen konnte und gerettet war, sagte sie:

„Ich hätte es wissen sollen. Dieser Typus bringt mir Unglück."

Sie wollte fort, aus allem fort und zurück in ihre kleine Stadt. „Nie hätte ich mich entwurzeln lassen dürfen!" Man hielt ihr vor, daß damit ihren Feinden gedient, ihren Freunden das Verderben bereitet wäre.

„Wer sind meine Freunde? Der Savezzo hat recht, in dieser harten Welt muß jeder allein und gegen alle stehen. Ich war zu gut. Weh' dem, der ein Herz hat!"